U0065717

閱讀123

國家圖書館出版品預行編目資料

找不到山上／岑澎維文；林小杯圖
-- 第二版. -- 臺北市：親子天下, 2017.07
172 面；14.8x21公分. --（閱讀123系列）
ISBN 978-986-94959-9-8（平裝）
859.6 106009212

閱讀 123 系列 —— 028

找不到系列 2

找不到山上

作者｜岑澎維
繪者｜林小杯

責任編輯｜蔡珮瑤
美術設計｜蕭雅慧
封面設計｜林小杯
行銷企劃｜王予農、林思妤

天下雜誌群創辦人｜殷允芃
董事長兼執行長｜何琦瑜
兒童產品事業群
副總經理｜林彥傑
總編輯｜林欣靜 主編｜陳毓書
版權主任｜何晨瑋、黃微真

出版者｜親子天下股份有限公司
地址｜台北市 104 建國北路一段 96 號 4 樓
電話｜（02）2509-2800 傳真｜（02）2509-2462
網址｜ www.parenting.com.tw
讀者服務專線｜（02）2662-0332 週一～週五：09:00~17:30
讀者服務傳真｜（02）2662-6048 客服信箱｜ parenting@cw.com.tw
法律顧問｜台英國際商務法律事務所．羅明通律師
製版印刷｜中原造像股份有限公司
總經銷｜大和圖書有限公司 電話：（02）8990-2588

出版日期｜ 2010 年 8 月第一版第一次印行
2022 年 9 月第二版第十二次印行
定價｜ 280 元 書號｜ BKKCD070P
ISBN ｜ 978-986-94959-9-8（平裝）

訂購服務
親子天下 Shopping ｜ shopping.parenting.com.tw
海外．大量訂購｜ parenting@cw.com.tw
書香花園｜台北市建國北路二段 6 巷 11 號 電話（02）2506-1635
劃撥帳號｜ 50331356 親子天下股份有限公司

立即購買 >

找不到山上

文·岑澎維　圖·林小杯

目錄

1 找不到山上 05
2 祕密專賣店 17
3 快刀黑燕姨 33
4 王老闆的眼鏡鋪 49
5 萬能叔叔的自動鉛筆 63
6 飛布老洪 77

7 找不到入口街 91

8 百年中藥店 103

9 七彩糖果樹 117

10 繡花婆婆的寶貝 131

11 地圖奶奶的記憶 143

12 寶瓶裡的祕密 157

◎ 後記 找不到山裡的祕密朋友 168

1 找不到山上

——寧靜的早晨，是誰到找不到山上來？

濃霧像一床厚重的棉被，緊緊的裹著找不到山。

公雞的叫聲，穿過濃霧，筆直的向村子四周發射。

「天——亮——啦——！」

公雞吵醒了母雞，母雞叫醒了小雞，滿山的雞叫，吵得野貓再也睡不著覺。

野貓站了起來，牠只是伸了伸懶腰，老鼠立刻四處奔逃。

幸好滿山的霧太濃，那些逃竄的黑影，看起來像是上演一齣皮影戲。

遠遠的，兩束光線賣力推開濃濃的白霧，從山腳下緩緩的飄到找不到山上。

誰會一大早來找不到山上？這樣的事情雖然有點離奇，但是並沒有引起人們的注意。

煮稀飯的大嬸、蹲在井邊刷牙的大叔、找不到合適衣服的阿當……，每個人都盡情的忙著自己該忙的事，沒有人理會那兩束昏黃的燈光後面，到底是誰一大早開著車上山來了。

車子裡，一個穿著白色襯衫、黑皮鞋的小男孩，跟著爸爸媽媽一起到找不到山上來了。

「他吵了一整個暑假，說要到『找不到國小』來讀書，我們只好把他帶來了。」媽媽這麼告訴辦理轉學的慢慢來老師。

「他說他要坐老周叔叔的木桶飛船去上學，所以我們帶他到這邊來了。」爸爸也這麼告訴一臉驚訝的慢慢來老師。

慢慢來老師滿肚子的驚嘆號和問號隔了好久才抵達嘴邊：「那麼，他要住在什麼地方？」

「我們會每天開車接送他。」爸爸這麼回答。

慢慢來老師心底的那一句：「什麼！」還沒冒出口，媽媽又補充說明。

「是啊，我們每天早上會先送他到老周叔叔家門口。」

「再讓他搭木桶飛船來上學。」爸爸繼續接著說。

「你們是來旅遊還是來讀書的啊？」這不是慢慢來老師說的話。

爸爸和媽媽向四周看了看，濃濃的霧裡，是誰在講話啊？

還是小小轉學生聰明，他抬起頭說：「那是只聽得見聲音，看不見人影的校長啦！」

爸爸向著四周濃濃的霧氣，打了一個招呼：

「報告校長，我們是來讀書的。」

「你們這麼做，只會讓小朋友睡眠不足，睡眠不足要怎麼讀書啊！恐怕沒有辦法讓你們轉學。」

濃濃的霧裡，校長果然只聽得見聲音，看不見人影。

「真夠酷！」小小轉學生張著小嘴，睜著圓圓的大眼睛，他終於見識到校長的魅力。

慢慢來老師心底的話，好久之後終於冒了出來：

「慢慢來，不要急，每所學校都很好。吃得好、睡得飽，健康最重要。」

「真的沒有辦法嗎？」爸爸再問一次慢慢來老師。

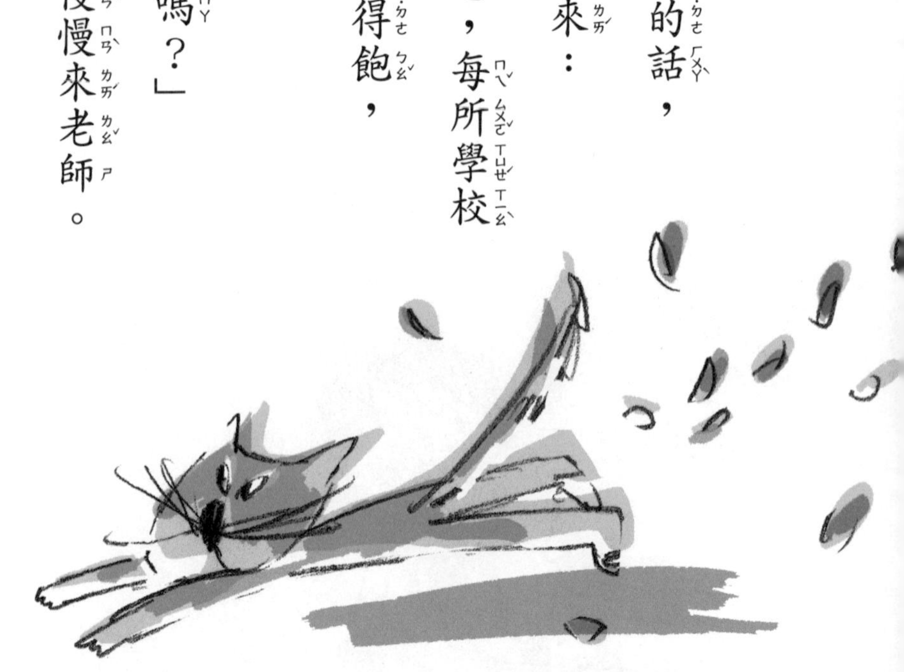

慢慢來老師搖了搖頭。

「不過，這麼不容易找的學校，都讓你們找到了，那麼，就歡迎你們到找不到山上來玩吧。」

慢慢來老師這麼告訴爸爸。

兩道昏黃的光線，把沉重的濃霧往山下推去。這樣的轉學生，很有規律的，隔三天就會有一個。

學校太小、教室太少，找不到國小沒有辦法收下太多的學生。

濃霧中的找不到山上，看來平靜但其實忙碌。老鼠在每天清晨都要逃命一次，大嬸在每個早晨都要照顧一鍋稀飯，牙一定要刷、衣服一定要找、公雞一定要叫，忙碌的找不到山上，雖然看不清楚大家在忙什麼，但是它忙得很有規律。

2 祕密專賣店

——蒐集祕密的無價之寶爺爺

找不到山上的夏天來了，厚重的霧氣依舊守護著找不到山。

找不到山上的夏天特別舒服，涼風吹來，讓人從心底涼快起來，完全不需要冷氣。

寶爺爺每天清早推開店門，打開所有的窗，成群的濃霧便擠了進來，不知道是進來休息休息，還是進來聽寶爺爺的笑聲。

笑呵呵的寶爺爺，最喜歡和人聊天，笑聲一陣接著一陣；火盆上燒著開水的茶壺，蒸氣也一串接著一串，大家一邊喝茶，一邊談笑。空氣裡，滿滿的都是歡樂。

阿當還記得，第一次到寶爺爺的店裡，是跟他的爺爺一起來的，那個時候，阿當年紀還很小。

「吳價寶，你守著這個小店，整天聊天，不怕餓肚子啊。」爺爺問。

「我媽媽給我取這名字，就是要我有心理準備，『吳價寶』、『無呷飽』，生意好也吃不飽，不如聊天快活好。」寶爺爺輕鬆的回答。

爺爺聽寶爺爺這麼說，笑得眉毛都飛了起來。

爺爺說：「你媽媽給你這個名字，是因為她知道，你會是個『無價之寶』，你呀，是個『無價之寶』。」

「別這麼叫我，我沒有那麼值錢哪！」這次，換寶爺爺笑得好開心。

「值、值，光是這個店，就值得叫『無價之寶』了。」

寶爺爺聽完，又笑了起來，他笑得連窗子都在震動。

泡茶的桌子旁，有一個櫃子，櫃子裡放著好幾個小小的玻璃瓶子。

爺爺說，「無價之寶」爺爺，賣的就是那些瓶子裡的東西。

小小的瓶子裡，裝的是「祕密」。

那時候，阿當年紀太小，不懂什麼是「祕密」。

「祕密就是不能說的事。」爺爺這麼告訴阿當。

「既然不能說，為什麼寶爺爺要拿來賣。」

阿當還是模模糊糊的，弄不清楚。

長大一點，阿當知道「祕密」是什麼了，對瓶子裝的東西，更感到好奇。

瓶子裡，裝的是什麼祕密？那是誰的祕密？從哪裡來的祕密？

「買一瓶祕密，要花多少錢？」

「祕密是無價之寶。」爺爺這麼告訴阿當。

那是阿當第一次跟爺爺吵著要買東西，但是爺爺沒有同意。

「孩子心裡，裝不住祕密的。」

「但是我很想知道，那是什麼祕密。」

阿當拉著爺爺不肯放。

「阿當，祕密太沉重，知道了祕密，就得把它背在身上，那會長不高的，小孩子還是不要知道得好。」

阿當第二次去寶爺爺店裡的時候，櫃子裡的瓶子，仍然一動也不動的擺在原處。

阿當抬頭看著爺爺，爺爺依舊搖搖頭，他說：

「祕密太珍貴，連大人都不敢買了，小孩子更不適合知道。」

爺爺告訴阿當，祕密不只珍貴，還很容易碎。祕密一說出口，就碎了，它的碎片，會劃傷別人。小孩子一不小心，就會把它弄碎，這太危險了。

但是，阿當還是把櫃子裡的瓶子，記在心裡，偶爾會跑到寶爺爺的店裡，看一看櫃子裡的玻璃瓶。

透明的玻璃瓶子裡，塞著一張小小的紙條，放在深褐色的櫃子裡，散發一股吸引人的力量。

有一次，阿當搬了一張小板凳，坐在櫃子前，看著透明的瓶子。

「阿當，你很想知道，瓶子裡裝了什麼祕密，對不對？」寶爺爺走到阿當身邊，笑呵呵的問阿當。

阿當點點頭說：「但是，爺爺說，祕密太珍貴了，小孩子不能帶著。」

寶爺爺笑了起來，他的笑，可以融化冰雪。

「阿當，寶爺爺告訴你，『祕密』有兩種。」

『祕密』，有兩種？」阿當的眼睛睜得好大。

「沒有錯，祕密有兩種。一種是有主人的祕密，那是不能說的，說了，會傷害主人；另外一種，是沒有主人的祕密，那是被人們遺忘的，遺忘得愈久，愈珍貴。寶爺爺玻璃瓶子裡裝的，就是這一種。」

「被遺忘的祕密？」阿當看著寶爺爺，他聽不大懂寶爺爺說的話。

「沒錯，祕密寶瓶裡，裝的就是被人們擠出記憶的東西，它們漸漸被人們遺忘了，只是我又把它們找了回來。」

阿當的眼睛，立刻亮了起來。

「這是我們小孩子也能知道的事嗎？」

「沒錯。阿當，別人的祕密，怎麼能拿來賣啊？」

寶爺爺又呵呵呵的笑了起來。

「我們小孩子知道了，也不會長不大？」

「當然。」寶爺爺肯定的說。

「寶爺爺，這些祕密，是哪裡來的呢？」

寶爺爺那震得窗戶「格格格」響的笑聲，又來了。他說：「那是從聊天之中，慢慢堆積下來的。」

「聊天之中？」阿當還沒有弄清楚是怎麼回事，寶爺爺已經伸手進櫃子裡，

把所有的瓶子搬出來，交給阿當。

「拿去吧，阿當，你要仔細的看，這是我們找不到山上的祕密。」

「送給我？」阿當又驚又喜。

「是的阿當，這是我送給你的禮物，你可以揭開這些祕密寶瓶的蓋子，你可以告訴別人，這是我們找不到山上的祕密。」

「這就是祕密寶瓶？」阿當凝視著手上的瓶子。

阿當不敢相信，他手裡握著的，是好多的祕密。

該說的感謝，被他忘了；該給的擁抱，被他忘了。阿當怎麼走出寶爺爺的店，他也不記得了。

只知道，當他回頭再看寶爺爺的店時，大門已經拉上，夏天涼爽的風，依舊在門外呼嚕嚕的打轉。

3 快刀黑燕姨

——找不到山上最恐怖的一件事

找不到山上，有一件令人害怕的事。

它比自己一個人深夜走下山還要恐怖，它比看醫生、打針還要可怕；想起這件事，每個人都會抱著頭，想要逃走。

即使恐怖卻又要硬著頭皮去做的，這件事就是——花五分鐘，到「快刀黑燕阿姨」的店裡剪頭髮。

黑燕阿姨不會「理」頭髮，她只會「剪」頭髮。

黑燕阿姨有一把又長又粗又重的黑色大剪刀，這把大剪

刀，原本是用來剪布、裁衣服的。二十多年來，黑燕阿姨是找不到山上唯一的裁縫師。

只要說得出來的款式，黑燕阿姨就能做得出來。荷葉邊袖口、魚尾巴長裙、喇叭褲、長大衣；黑色的大剪刀在她手上，喀喳喀喳，三、兩下就剪出合適的布片。

「好的裁縫師，能掩飾身材的缺點。」找不到山上的居民都相信，換身材不如換個好的裁縫師。

黑燕阿姨就是出色的裁縫師，穿上她做的衣服，每個人都笑咪咪。

她的手工又快又仔細，找不到山上誰家娶媳婦、誰家嫁女兒，都要找黑燕阿姨做兩件衣服，這樣出現在親友面前才夠體面。

可是，辦喜事一年只遇到那麼幾次，忙完了那一陣子，黑燕阿姨就沒事可做了。

有一年，找不到山上年老的理髮師傅去世了，大家

找不到可以接替的人，找來找去，找到手上正拿著剪刀的黑燕阿姨。

「我怎麼會剪頭髮嘛？」黑燕阿姨一面走進屋子裡，一面把人群拋在屋子外。

「不是都一樣，都是拿剪刀來剪嘛。」有人把理髮師傅的工具找齊了，送來給黑燕阿姨。

「不一樣啦，剪布怎麼跟剪頭髮一樣嘛？」黑燕阿姨揮了揮手，這些人真是太不了解裁縫師了。

「你不試試，怎麼知道不一樣？況且，找不到山上，不能沒有理髮師呀！」村長這麼跟黑燕阿姨說。

後面這一句話，打動了黑燕阿姨。找不到山上沒有理髮師傅，那會多麼不方便啊？

「好吧，如果有人願意，我就試一試。」

大家你看著我，我看著你，誰願意去冒這個險啊？

村長在圓板凳上坐了下來，他願意讓黑燕阿姨當實驗品。

幾十雙眼睛帶著敬佩的眼神投向村長，黑燕阿姨那把剪刀在村長的頭上飛。

這邊太長來一刀，那邊太長來一刀，愈剪愈短愈慌張。

黑燕阿姨剪好了，自己都不忍心看。

幸好沒有鏡子，村長看不見長短不齊的頭髮，要不然他一定以為颱風剛剛掃過。

「多幾回，就熟練了。」看熱鬧的人只能這麼說。

為了鼓勵黑燕阿姨，又有人坐了下來，要讓黑燕阿姨練習練習。

黑燕阿姨一邊剪、一邊想：「做一件衣服可以穿好幾年，頭髮卻不能一個月不剪。」

「多練習幾次，也許真像大家說的，多剪幾回就熟練了。」

就這樣，黑燕阿姨成了找不到山上，唯一的「剪」髮師傅。

黑燕阿姨認真的練習，她還是習慣拿裁衣服的大黑剪，那把跟著她二十多年的大剪刀。

「阿姨，我要兩邊剪短一點，上面留長一點，後面幫我留一小撮頭髮。拜託、拜託。」上門來的少年郎，祈禱了又祈禱。

「安心，沒有問題啦！」

黑燕阿姨認真的工作起來。

黑色的大剪刀，像春天的燕子飛舞在大草原上，毫不畏懼的穿來穿去。

黑燕阿姨的剪髮椅子前，沒有鏡子，只有一架裁縫車。

「黑燕阿姨有沒有記住我說的話？」

「黑燕阿姨剪不剪得出我要的樣子？」

剪髮椅子上坐著的，永遠是一個提心吊膽的人。只有回到家之後，才能從鏡子裡，看見自己變成什麼樣子。

「噢，怎麼這樣！」剛開始的時候，找不到山上的每一面鏡子，都聽過這種懊惱的話。

可是沒辦法，找不到山上，只有黑燕阿姨會幫人剪頭髮。如果不喜歡，就得搭車，順著迂迴翻轉的山路下山，那可要花上大半天的時間。日子一久，找不到山上的居民，也習慣了黑燕阿姨的「快刀亂剪法」。

那種髮型，是山底下的理髮店剪不出來的。黑燕阿姨剪出的髮型，大家習慣以後，就變成了一種流行；變成流行之後，每個人都頂著這樣的髮型。

「哇！有長有短，有凹有凸，酷！」

兩三年過去了，黑燕阿姨的技術，一直沒有進步。但是，只要是黑燕阿姨剪出來的，大家都說那叫做「酷型」。

接受黑燕阿姨的「酷型」，大家唯一擔心的，是那兩片可憐的耳朵。

工作一忙，難免會有一些閃失，尤其是銳利的刀尖，一個不小心就會剪過頭。

不過，大家都知道的，新發現總是來自於冒險，好髮型也要冒一點險。

所以，去找黑燕阿姨剪頭髮，雖然是一件恐怖的事，但是逐漸的，它變成了一件刺激的冒險。

4 王老闆的眼鏡鋪——濃霧之中，最清楚的商店

王老闆的眼鏡鋪，開在找不到山上，那片紅瓦屋頂村落的南邊。

王老闆用山上撿來的老木頭，細心的雕琢眼鏡架，他的手工精細，需要三個白天工作，才能琢磨出一副鏡架。

鏡架上，細細密密的年輪，記載了老木頭的年齡，幾乎每一副鏡架的年紀，都比戴眼鏡的人還大。

王老闆的眼鏡架雖然珍貴，但是大家可不是為了眼鏡架才來的。

王老闆的眼鏡鋪裡，最特別的就是鏡片。那可是什麼材質都有：雲做成的、霧做成的、海水和風做成的，還有雨水冷凍之後做成的。

不同的鏡片，有不同的用處。

王老闆自己設計了一部專門製作鏡片的機器，他用一大團濃霧，加上晴天的白雲，放進機器裡壓縮成鏡片，再讓一點點陽光曬過，製造出一種不怕黑夜的鏡片。

最怕在夜裡出門的阿當，一到晚上，他推開大門，看見外頭黑壓壓一片的時候，總會把該撒的那一泡尿忍了回去，一直到有人肯陪他出去尿尿。

阿當的媽媽就帶著阿當，來到王老闆的眼鏡鋪，配了一副這樣的雲霧眼鏡。

「哇！好清楚啊！」阿當一戴起雲霧眼鏡，就喜歡上這副眼鏡了。這副眼鏡在白天看什麼都模糊，但是一到晚上，透過鏡片，可以清清楚楚看見四周的景物，而且就像是在白天一樣，又明亮又清晰。

有了這副眼鏡，阿當再也不怕一個人夜裡出門尿尿了。老師說要觀察星星的時候，他也能一個人拿著星座盤，細心的在院子裡做紀錄。

雨水冷凍之後經過機器壓縮，變成又硬又薄的鏡片，這種鏡片可以矯正粗心。冰晶眼鏡在考試的時候，賣得特別好。

寫考卷常看錯題目的孩子、計算常出差錯的小朋友，他們的爸爸、媽媽，就會帶他們來配這樣的眼鏡，因為是冰做的，王老闆還加進

了薄荷的香氣，所以特別提神醒腦，考出來的成績，當然就令人滿意。

可惜的是，這種眼鏡在冰冷的冬天，還能戴個三、四天，在夏天就沒那麼久了，大概一、兩天就會融化。所以王老闆會對來配這種眼鏡的孩子說：

「還是自己小心，多檢查幾次才好，依賴這種眼鏡，是不行的。」

不過粗心的孩子還是一大堆，王老闆的冰晶眼鏡總是賣得特別好。

風加上一點海水做成的鏡片，這是王老闆的眼鏡鋪裡，最貴的一種眼鏡。

找不到山離海很遠，王老闆千里迢迢帶回海水來，還要經過日曬、沉澱、過濾之後才能用。少量的海水，加上大量的風，放進王老闆的鏡片壓縮機裡。

因為風很容易散失，所以要重複好幾次，才能壓出薄薄的鏡片，再細心的研磨，一副海風眼鏡，才算完成。

海風眼鏡可以讓頑皮淘氣的孩子靜靜的坐下來。因為風就在耳邊呼呼狂吹，一站起來走動，瘋狂的風聲，立刻加快速度成為暴風。

頑皮不怕暴風的孩子，還能起來亂跑、亂跳，不過別擔心，海水立刻就起作用了，那是大海浪劇烈動盪的感覺，搖晃、浮沉、失去依靠，讓人站也站不穩。

這時候，找張椅子乖乖的坐下，是最好的選擇，這樣才不會失去平衡。

海風眼鏡雖然不便宜，但是王老闆還是經常免費送給需要的人，特別是找不到國小的老師，只要它能讓頑皮的孩子乖乖上課，王老闆就覺得值得了。

王老闆的每副鏡片，都有它獨特的功效，當然，免不了也有缺點，那就是不耐用。

雲呀、霧啊、風哪，這一類來自大自然的東西，消失得特別快，雖然經過壓縮機的固定，但是幾個月過後，往往就剩下一副精細的眼鏡框了。

王老闆堅持環保，來自大自然的東西，最後回到大自然，這樣不是很好嗎？

效果好又環保，讓王老闆的生意一直沒斷過，想休息一下都不行。

然而，王老闆並不希望自己的生意太好，因為生意好，代表找不到山上的孩子，還有很多需要矯正。

「大家都健康了，就不需要我嘍！」

王老闆伸伸懶腰，最近工作量愈來愈大，他的眼睛經常疲倦。

「看來，我也得給自己配一副眼鏡了，我需要一副看多久都不會累的眼鏡。」

找不到山上，王老闆的眼鏡鋪，不要看它平凡又樸素，需要什麼眼鏡，王老闆現買現做，保證新鮮，而且讓人稱心如意。

5 萬能叔叔的自動鉛筆——萬能叔叔珍藏的祕密武器

找不到山上的萬能叔叔，是找不到山上會做最多種工作的人。

拉電線、換插座，樣樣難不倒他；廁所不通、農作物結不出果子、小孩哭鬧不停……，靠的也是他。

萬能叔叔腦筋靈活、身手俐落，什麼工作他都做。他還能跟上時代的潮流，架網站、做網頁、修電腦，在潮流的節奏中，踩著穩定的腳步。

愛哭愛鬧的小朋友一看到萬能叔叔，就會忘了該哭鬧的事，專心的看萬能叔叔做事。

「叔叔有練過，這個你不能學。」小孩子一聽到這句話，看得更仔細了。

萬能叔叔相信，只要他不挑工作，永遠都有做不完

的工作。所以他的工作源源不斷。他是找不到山上最忙的人，有了他，什麼事都能解決。

萬能叔叔有一雙萬能的手，這雙萬能的手做什麼事都不會累，只有在寫字的時候，讓萬能叔叔覺得比拿鋤頭鋤草還要累。

也因為這樣，萬能叔叔的學歷

不高，當他能躲開作業簿的時候，他就離作業簿遠遠的。只要能不寫字，他就不寫字。

學歷不高並不代表讀的書不多，萬能叔叔自己找書來看，自己動手研究。所以在找不到山上，大家都知道萬能叔叔。而且也知道，只要說得出來的東西，萬能叔叔沒有做不出來的。

萬能叔叔為別人完成心願，他也一直沒有忘記自己小時候的心願——他要發明一種「自動鉛筆」，不是「自動冒出筆心的鉛筆」，而是一種會「自動寫字的鉛筆」。

萬能叔叔從小就期待著，世界上能有一種鉛筆，這種鉛筆能自動為主人寫作業。只要一按下開關，就能行走自如，就算主人睡著了，自動鉛筆還能自動寫字。

這是萬能叔叔小時候的夢想，他一直沒有忘記過。

夜深人靜的時候，萬能叔叔不斷的試驗。

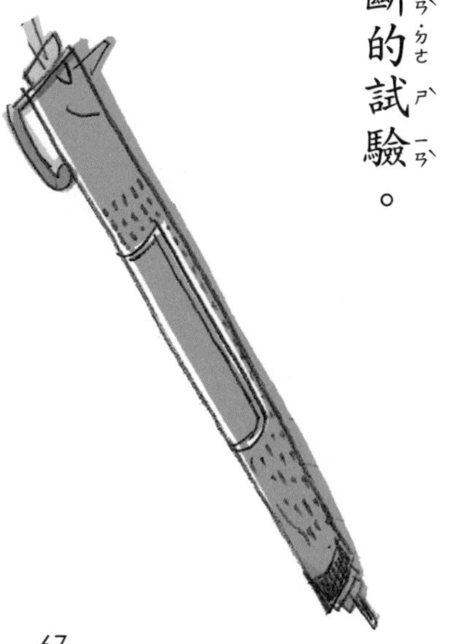

起初，萬能叔叔的自動鉛筆，必須先把要寫的字，透過電腦慢慢的輸入，再讓自動鉛筆像列印機一樣寫出來。

萬能叔叔發現，把全部的字輸入完成的時間，比動手寫完這些字的時間多了好幾倍。

「這怎麼行？還不如自己動手去寫。」

萬能叔叔就是不氣餒，他克服了輸入的麻煩，改用掃瞄的方法。在自動鉛筆上裝一個掃瞄器，讓它記住要寫的字，再一個字一個字的寫出來。這下時間又縮短了不少，「自動鉛筆」又大大的進步了。

萬能叔叔還耐心的把原本粗粗肥肥的筆，變得又細又瘦，有了實用的內在，也要有好看的外表才行。

看著自己發明的自動鉛筆，乖乖的在白紙上自動寫作業，萬能叔叔心裡有些得意也有些滿足，雖然已經沒有人要他寫作業了，但是這是他小時候的心願，現在終於達成了。

「還是不夠。」萬能叔叔總是覺得，這看起來似乎令人滿意的自動鉛筆，還有需要改進的地方。

「沒錯，就是字體。」寫作業怎麼能寫出一模一樣的字呢？萬能叔叔不願意這樣就停下腳步，同一個字要有的胖一點、有的瘦一點。

萬能叔叔打開自動鉛筆的肚子，看著裡面密密麻麻的線路，慢慢的修改，讓自動鉛筆寫出來的字，像手寫

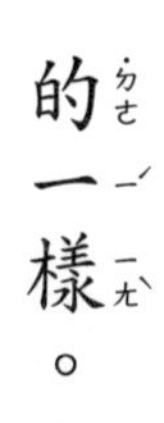

的一樣。

這樣的自動鉛筆，已經夠讓萬能叔叔滿意了。

「不行！」就是不夠好。

萬能叔叔又為自動鉛筆加了小耳朵，讓它不再只會掃瞄，還能聽聲音寫出字，自己判斷該用哪一個字。

「夠了，這樣就差不多了。」

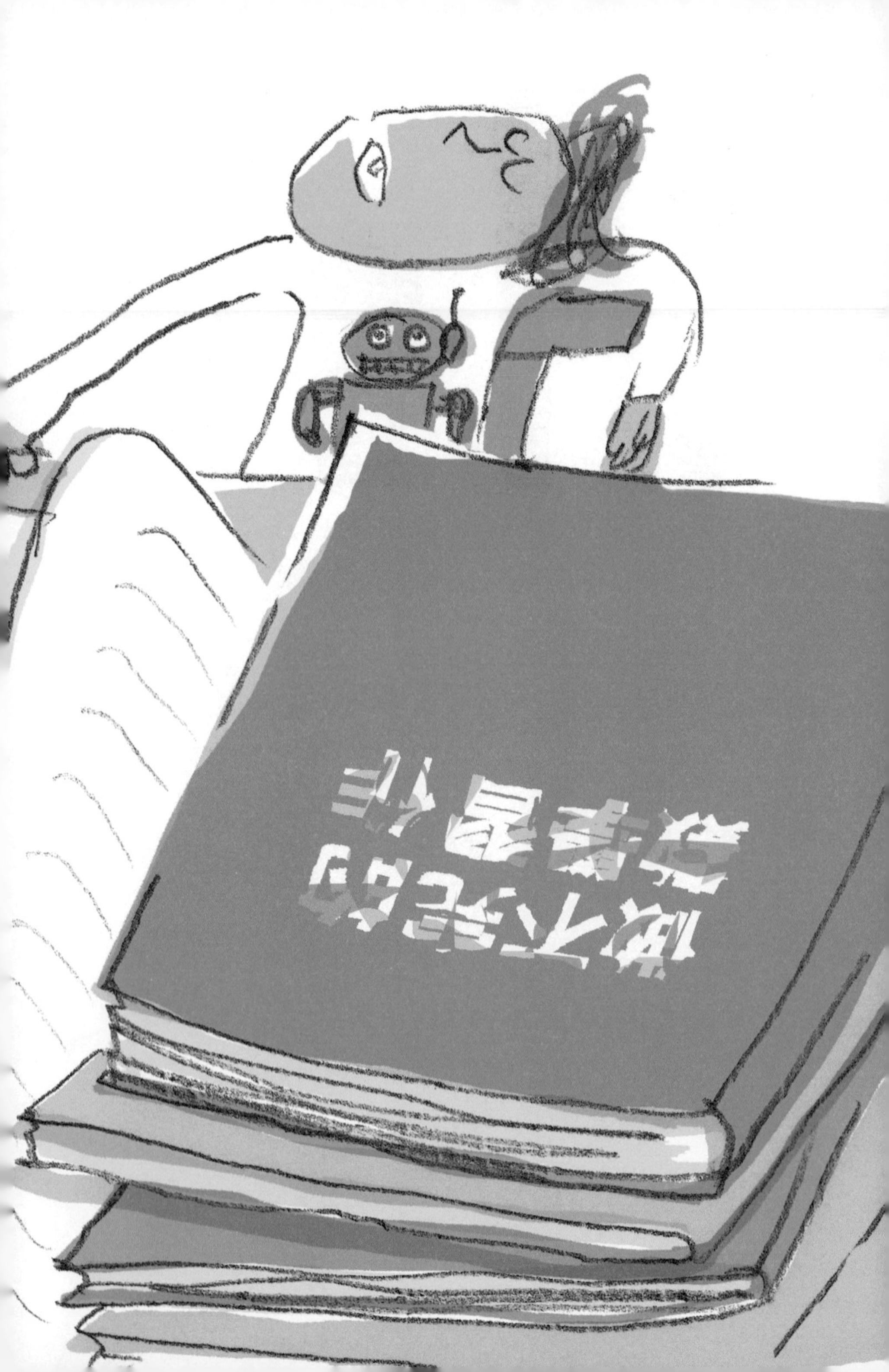

How are you ?
Fine, thank you.
and

想想看，萬能叔叔的自動鉛筆，在上課的時候，能夠一字不漏的把老師講的話記下來，連笑話都抄得清清楚楚；放學回家之後，又能自動寫作業，一邊掃瞄圈詞，一邊抄寫作業，這是多麼得意的發明啊！

「為什麼有這麼多寫不完的作業啊？」萬能叔叔還是弄不清楚。

萬能叔叔發明了自動寫國語的自動鉛筆之後，還發明了自動算數學的自動鉛筆。

「如果在我小時候就有這種鉛筆，讓我讀到大學我也願意。」萬能叔叔常常望著他發明的「自動鉛筆」發呆，他會想起小時候，總是要睡到天快亮了，才起床寫作業的往事。

萬能叔叔爬上了電線桿，看得更遠了，他能辦到的事太多了，這只是他小時候，最希望做到的事。

每天晚上，他做完了每天該做的事之後，他只要看一看那自動寫作業的鉛筆，他就覺得滿足了。

6 飛布老洪

——不用蚊香、不用殺蟲劑，老洪用「飛布」打蚊子

找不到山上，雲多霧濃，冬冷夏涼，這種天氣，不適合蚊子生長，所以蚊子的數量不多。

但是蚊子不必多，來一隻就夠，尤其是在冬天的夜裡。

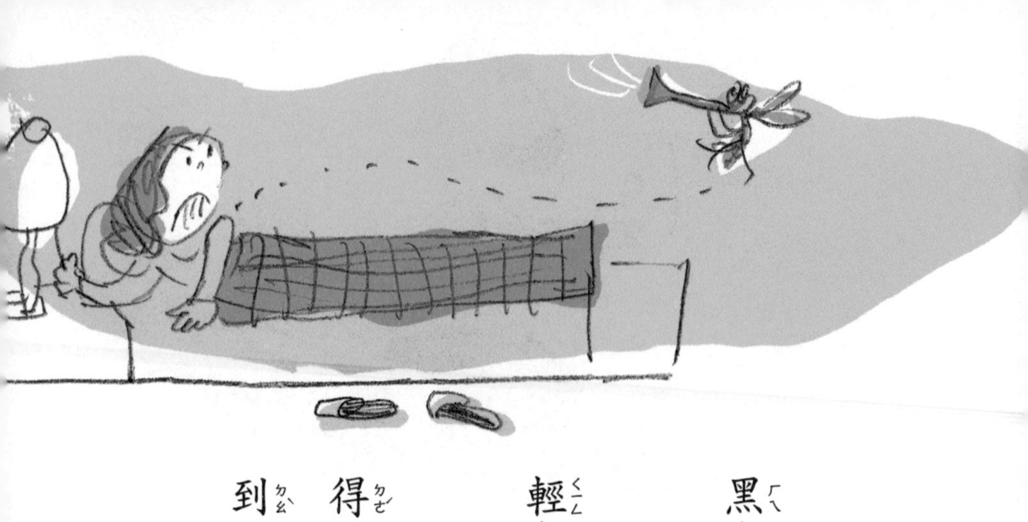

睡得香甜的深夜裡，那伸手不見五指的黑夜裡，一隻蚊子比一群鴨子還要吵。蚊子最喜歡在這種時間，忽遠忽近、忽輕忽重的送上一首奏鳴曲。

牠這裡嗡一下，那裡哼一下，吵得人不得不起床開燈的時候，立刻拍拍翅膀，飛到更高的地方去休息了。

這就是蚊子，找不到山上惱人的蚊子。

王老闆曾經為了打一隻蚊子，不小心跌了一跤，壓碎了好幾副珍貴的冰晶眼鏡；快刀黑燕阿姨也曾經因為追一隻蚊子，失手刮掉了顧客大半邊的頭髮；最慘的一個，大概就是阿當的姑婆，她煮菜的時候為了打一隻蚊子，連菜刀都掉到地上去。

嗡嗡叫的蚊子，體積小小，麻煩可不少。所以，找不到山上那種打蚊子的傑出好手，就成為大家爭著邀請的對象。日子一久，「打蚊子」竟然成為找不到山上特別的行業。

要除掉一隻蚊子，真不是容易的事，因為蚊子有一對翅膀，想飛到哪裡就飛到哪裡，沒有翅膀的人類，只能站著或坐著，眼睜睜看著蚊子四處逍遙，拿牠一點辦法也沒有。

「飛布老洪」就是有辦法，他就是從事「打蚊子」這個行業的人。不管蚊子在哪裡，只要看得到，保證打得到。

他帶著一塊溼得剛剛好的抹布，這塊抹布可以給蚊子「蓋火鍋」、可以給蚊子「觸身球」、可以迎頭痛擊、可以旋風快轉，抹布在他手上，就像帶了繩線的溜溜球

一樣，乖乖的聽老洪的指揮。

所以老洪的抹布，被人們尊稱為「飛布」。「老洪」這個稱呼，還要排在「飛布」的後面。

蚊子一定以為，天花板是最安全的地方，所以喜歡在那兒休息。但是牠們不知道，飛布老洪那一身好功夫，就是專門對付天花板上的蚊子。

他看準了蚊子的位置，再讓他手上那塊溼得剛剛好的抹布，飛出去為他打蚊子。抹布一展翅，就能飛出去

蓋住蚊子，蒙上一床溼棉被的蚊子立刻昏倒，就這樣落了下來——任務圓滿達成！

最初的時候，老洪打蚊子，用的是山腳下盛產的柳丁。老洪用壘球投手往上丟球的姿態投柳丁，百發百中的功夫贏得了無數的掌聲。

柳丁的重量和彈性，最適合打蚊子，老洪每一顆往天花板拋去的柳丁，都能準確的打中蚊子，最高紀錄還有一球打中兩隻的呢。

「神準」，是這個行業的基本要求，在全家老小的圍觀之下，如果不能一球命中，那是很沒有面子的事。老洪對付一隻蚊子，不管大小，從來不必用到第二球。

一方面可以除掉蚊子，一方面能展現令人讚嘆的功夫，找不到山上的居民，爭著邀請老洪到家裡打蚊子，每當一球擊中的時候，掌聲立刻從四面八方送了上來，老洪辛苦賺到的，也就是這短暫又熱烈的掌聲。

但是，用柳丁打蚊子，多少有一些缺點。那就是被打中的蚊子，往往就這麼黏貼在天花板上了，這樣，雖然能讓老洪留下滿屋子輝煌的紀錄，但總是不那麼美觀。

一間房子裡，每次一抬頭，潔白的天花板上，滿滿都是蚊子血肉模糊的身軀，那多不好看啊。

有缺點，就要改進。「飛天抹布」就是老洪改進之後得心應手的工具。

老洪不斷嘗試，最後發現「溼得剛剛好的抹布」不管是重量或體積，都可以代替柳丁，成為他的好搭檔。而且，最重要的，溼抹布能把打中的蚊子一起帶下來，不會在天花板上，留下一隻隻蚊子驚慌失措的標本。

「抹布」在老洪的手裡，像神毯一樣，準確的拍中蚊子，再落進老洪手中。

飛布老洪左手接抹布，右手接蚊子，一前一後，毫不費力又不留痕跡，那些來不及告訴夥伴們，天花板終究不是好地方的蚊子，就這麼落進老洪的手裡。叫好的掌聲在蚊子落下的那一秒，立刻響了起來。

「飛布老洪」的名號，就是這麼傳出來的，他在找不到山上打蚊子，足足有十三年的時間了。

找不到山上，飛布老洪用最環保的方法打蚊子。

飛布老洪為人打蚊子，不為名不為利，為的就是人們口中傳送出來，那輕輕的、充滿了驚訝與讚嘆的一聲

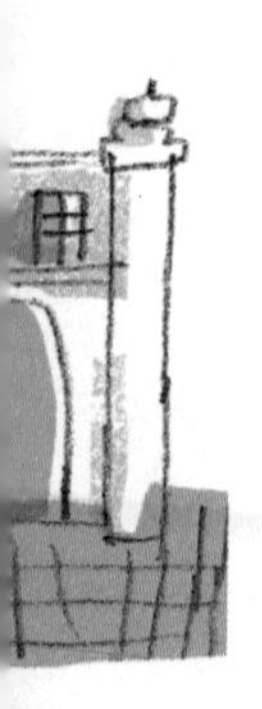

「啊！」

「啊——」這個聲音會被拖得長一點，在它拖長的尾聲中，包藏著「崇拜」的味道，那是言語很難表達出來的。

沒有人知道，飛布老洪就是為了這一丁點的味道而來的。

7 找不到入口街——找不到山上，最繁華熱鬧的一條街

找不到山上的「入口街」，是找不到山上一條鋪著紅磚的街道，到處都是入口，也到處都是出口，入口太多，就不容易找到原來的入口。

所以這條「入口街」，也叫做「找不到入口街」。

街道短短，商店一家又一家分兩邊排排站好，這裡雖然不是什麼商品都有，但日常生活需要的東西，樣樣都不缺。

找不到入口街的每一家商店，都古舊得讓人想起風乾的臘肉，乾癟又失去鮮豔的色彩，但是透著油亮。

對阿當來說，這是一條讓人流連忘返的街道。不管是奶奶要買針線，媽媽要買醬油，還是妹妹要買膠水，阿當就是最棒的小跑腿。

雜貨店裡飄著蝦米、豆瓣醬的味道，花生和雞蛋的位置，從來沒有交換過，店裡的貨品雖然多，卻一點也不雜亂。中藥店的味道最厲害，如果辦起「味道跳遠比賽」，中藥的味道肯定得第一，連隔壁的腳踏車店裡，機油的味道裡，也都加進了中藥的味道。

棉布針線店是沒有味道的，但它是整條街上最鮮豔漂亮的店，一匹一匹的棉布，紅花綠葉各有各的美；絲線、棉線一綑一綑排整齊；鈕釦、拉鍊一盒一盒依照規矩排好。找不到入口街如果辦一場選美會，阿當相信它一定能摘下后冠，得到第一。

阿當最喜歡的金香鋪，就在入口街的最裡面，閉著眼睛走，也能感覺到金香鋪到了，因為它有一股特別的香氣。

特級烏沉香

「真香啊！」這是阿當最喜歡的味道。

不知道為什麼，只要聞到這氣味，阿當就再也不想離開了。那是檀香的味道、紙錢的味道、烏沉香的味道、蠟燭的味道融合在一起，成為金香鋪特有的味道。

如果能夠抱著這些味道睡覺，一定每天都是好夢。所以阿當這個小跑腿，不管出門買什麼，一定要整條街走到底，進到金香鋪去呼吸呼吸，這一趟跑腿才算值得。

阿當夢想著，自己能夠擁有一把鯊魚劍，或者是一串五帝錢，唸著咒語，替人消災祈福。

這是多麼神聖的工作啊。但是他目前只擁有一把摺扇、一把自己削的木劍，道具還不齊全，不過畫符、唸咒語這類的事，他已經練習得差不多了，所以他要多存一點錢，到金香鋪去買他想要的東西。

阿當也研究什麼神明什麼時候生日，什麼神明燒什麼紙錢；神明生日的前一天，阿當一定會提醒媽媽，好讓媽媽派他去金香鋪買紙錢，他還會告訴老師，今天是什麼神明生日。

「你再不去把數學算好，神明也沒辦法救你啦！」

「老師不知道，神明已經救了我，要不然我的數學會更糟。」

想歸想，阿當還是乖乖的聽話，因為他常常連數字都會看錯。

阿當的數學，只有在算生辰八字的時候不會出錯，寫考卷、寫作業的時候，一定錯得連神明都會搖頭。十二生肖對應什麼天干地支，幾年生的人屬什麼生肖，阿當都有辦法換算過來，所以如果數學都是算這種題目，那有多好啊。

自己的生辰八字幾兩幾錢重，爺爺奶奶的、爸爸媽媽的，整個家族的出生年月日，阿當也都蒐集到了，八字最重的是妹妹，足足有五兩八錢呢！

如果要挑一本讓人百看不厭的書，阿當一定會選農民曆。他已經弄清楚二十四個節氣的順序和意義，當然，什麼食物和什麼食物一起吃會中毒，那更是倒背如流了。

「豆花不能加蜂蜜，牛奶不能配生魚。」

當然，阿當也有辦法坐在金香鋪裡，看一整個下午的農民曆，阿當覺得，農民曆就是最棒的百科全書，

而且它每年都出一本，每年的內容都不一樣。

不能去金香鋪的時候，阿當只能等待機會，看有沒有人要他當跑腿；否則就是看看各種跟祭拜有關的書，充實自己。

找不到山上的「找不到入口街」，店家不多，貨色不很齊全，但是最裡面的那家金香鋪，就是小跑腿的休息站。

8 百年中藥店

——成功的祕密就是堅持好品質

找不到山上的「找不到入口街」裡，有一家古老的中藥鋪。原木打造的櫃子，排列著各式各樣的藥材，濃濃的中藥味從櫃子的抽屜裡散播出來，使得整條街都是中藥的氣味。

這是找不到山上，五代相傳的百年中藥店。滿臉皺紋的老闆，臉色紅潤、聲音宏亮。阿當常常覺得，他就是蒼老樹根的化身，簡直就是一棵珍貴的中藥材。老闆和他的兒子，在櫃檯後面忙著抓藥、秤藥。

兩個人很有默契的，一個搥藥的時候，另一個看藥單；一個拉抽屜抓藥的時候，另一個秤藥，在窄小的櫃檯後面，兩個人像演布袋戲一樣，配合巧妙又不會碰撞在一起。

中藥店的櫃檯前，有一張又長又寬的板凳，顧客就坐在長板凳上，一邊等著拿中藥，一邊欣賞老闆父子倆完美的演出，偶爾和老闆聊聊天。

找不到山上的居民喜歡中藥。身體健康要吃中藥、

身體虛弱也要吃中藥；長高的時候要吃中藥、長不高的時候也要吃中藥；天氣熱要吃中藥、天氣冷也要吃中藥；煮菜、燉湯都要中藥，他們隨時隨地都需要中藥。

有病治病、無病強身，百年中藥店，靠著貨真價實的藥材，一開就是五代。當然，除了這些隨時

隨地要吃的藥材之外，百年中藥店還有一些祖傳祕方傳了下來，讓中藥店的生意，更是旺得不得了。

首先就是保持聲音美妙的「聲音藥」，老闆那宏亮的聲音、聊多久都不會沙啞的喉嚨，就知道這帖中藥的效果有多好。找不到國小的小朋友參加任何比賽之前，都要到中藥店裡，跟老闆買幾帖聲音藥回去煮成湯，滋潤滋潤喉嚨。

這帖中藥酸中帶甜，甜中帶香，是所有中藥裡，最好喝的一種，再加上價錢便宜又有效，所以買的人特別多。不管是英語話劇、國語朗讀、閩南語演說，或者是歌唱、相聲比賽，都要到百年中藥店買聲音藥，把喉嚨保養好，這是獲勝的祕密武器。

接力賽跑、籃球比賽、拔河比賽的前幾天，更要來買幾帖聲音藥。選手要喝、啦啦隊也要喝，喝了之後，吶喊出來的聲音才有力量。

比賽時，加油的聲音如果不夠震撼，那就沒有贏的希望，所以喉嚨一定要保養好，讓加油的聲音衝上山巔，讓天神也出來加油。

運動比賽的前幾天，百年中藥店的生意一定特別好，不只是小朋友要喝，爸爸媽媽也要喝，

讓喉嚨保持在最好的狀態，這是觀眾應該盡到的責任。「長高藥」也是百年中藥店的祖傳祕方。這帖中藥的味道就不是那麼好了，所以沒有小朋友會吵著要喝。

雖然小朋友不愛喝，但它還是賣得很好，每個爸爸媽媽都希望自己的孩子長得比自己高，所以只要家裡有正要長高的小朋友，一定都會到百年中藥店來，買幾帖長高藥回去。

「長得高又壯」是許多人的願望，儘管長高藥不怎麼好喝，小朋友還是得捏著鼻子大口的喝下去。

「你喝長高藥了嗎？」這句話就成為找不到山上，正在長高的孩子睡前的晚安問候語。

年紀還小的小朋友，晚安問候語是：「你刷牙了嗎？」

所以，如果有一天，晚安問候語換成了：「你喝長高藥了嗎？」那就代表這孩子長大了。

讓人又愛又恨的長高藥，還是為小朋友帶來了無窮的希望，每個小朋友都希望自己長得像神木一樣高，所以找不到山上的百年中藥店，長高藥的生意總是停不了。

接著就是一種增加信心的藥，「信心藥」是祖傳祕方之中，最不好喝、份量最多的。苦中帶澀、帶著麻和辣，還要連續服用兩個禮拜，才會有效果，中間如果中斷了，就要重新算起。

這種中藥是用找不到山上特有的「巴拉巴拉烏幾里嘎草」，加上祖傳祕方調配的，喝了以後，信心十足，準備起來順心又順手。「巴拉巴拉烏幾里嘎草」只有找不到山上才有，它又是「信心藥」最重要的藥草，所以只有在找不到山上的百年中藥店，才有這帖藥。

特別又少見，所以生意好。考試之前、求職之前、比賽之前，不論春夏秋冬，只要覺得自己需要增加信

心，都可以到百年中藥店來一帖信心藥。它能讓人充滿信心，在任何時間都能努力向前。

不怕苦，喝滿兩個禮拜，信心藥讓人快樂的做好賽前準備。

許多人繞著難找又蜿蜒的山路上山來，買了好幾帖「信心藥」，再繞著彎來彎去的山路下山，還沒回到家燉來喝，一路上就覺得信心大增了呢！

找不到山上的百年中藥店，就在找不到入口街的中間，中藥的味道會自動鑽進你的鼻子，告訴你中藥店到了。

9 七彩糖果樹

——找不到山上，最幸福的滋味

找不到山上，靠近山頂的地方，有一棵千年老樹。

因為滿山都是千年老樹，所以一直沒有人留意它，也沒有人想知道那是什麼樹。

但是這棵老樹，卻不曾因為沒人留意，而忘了該有的規矩。

春天的時候，它長出滿樹的綠葉，秋天一到，葉片枯黃脫落，隨著輕風飛揚。

如果要說有什麼毛病，大概就只有冬天，老樹經常一睡就睡過頭，春天來了，它還沒有醒過來。因為沒有人留意它，所以慢了幾天抽新芽，也沒有人會在意。

這棵老樹，就這樣在靠近山頂的地方，自由自在的生活了一千多年。

有一年，不知道怎麼了，這棵老樹在該抽新芽的地方，長出了一個又一個的泡泡。

千年老樹自己都嚇了一跳。

「我是怎麼了，這是皮膚病嗎？」

老樹看看自己滿是皺紋的皮膚上，竟然結出色彩繽紛又光滑透亮的泡泡，心裡很著急。

透明的泡泡，剛結出來的時候，是綠色的，慢慢的變成淡黃色，然後轉成橘色，再變為紅色。

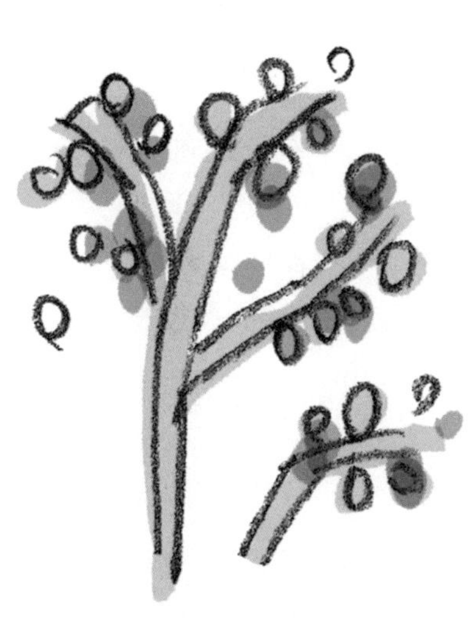

泡泡不是同一個時間冒出來的，所以千年老樹身上，綠的、紅的、黃的、橙的，什麼顏色的泡泡都有。遠遠看去，千年老樹成了一棵鮮豔的樹木。

這樣，就有人注意到它了。

「真是漂亮啊！」

春天的找不到山上，有一棵長出彩色泡泡的樹。

「這泡泡是甜的。」

七彩的泡泡，放進嘴裡，立刻融化成甜蜜的汁液，留下滿口清香甘甜。

「是糖果！」千年老樹結出的果子，跟糖果一樣。就這樣，千年老樹有了自己的名字，大家都叫他「七彩糖果樹」。

一棵樹，有了名字，慢慢的就能累積出名氣。有了名氣，漸漸的就擁有神氣的地位。

七彩糖果樹雖然還是擔心自己的身體，但是看著自己身邊有愈來愈多關心它的人，也漸漸的安心下來。

找不到山那一條沒什麼人走的路上，現在因為七彩糖果樹，成為最多人走的路。找不到山上的孩子一放學，都會跑到這棵樹旁，等著七彩糖果樹冒出泡泡。

不同顏色的泡泡，有不同的口味，

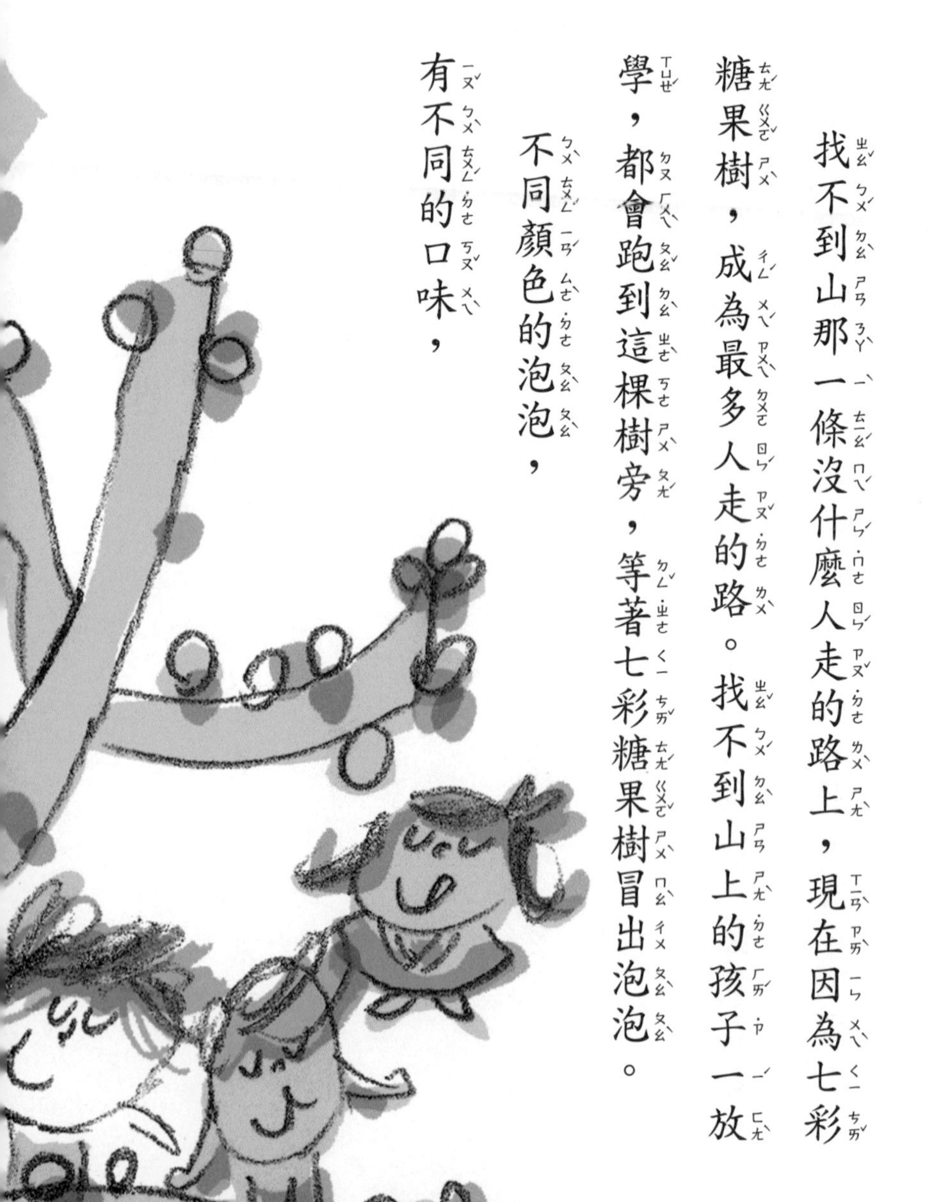

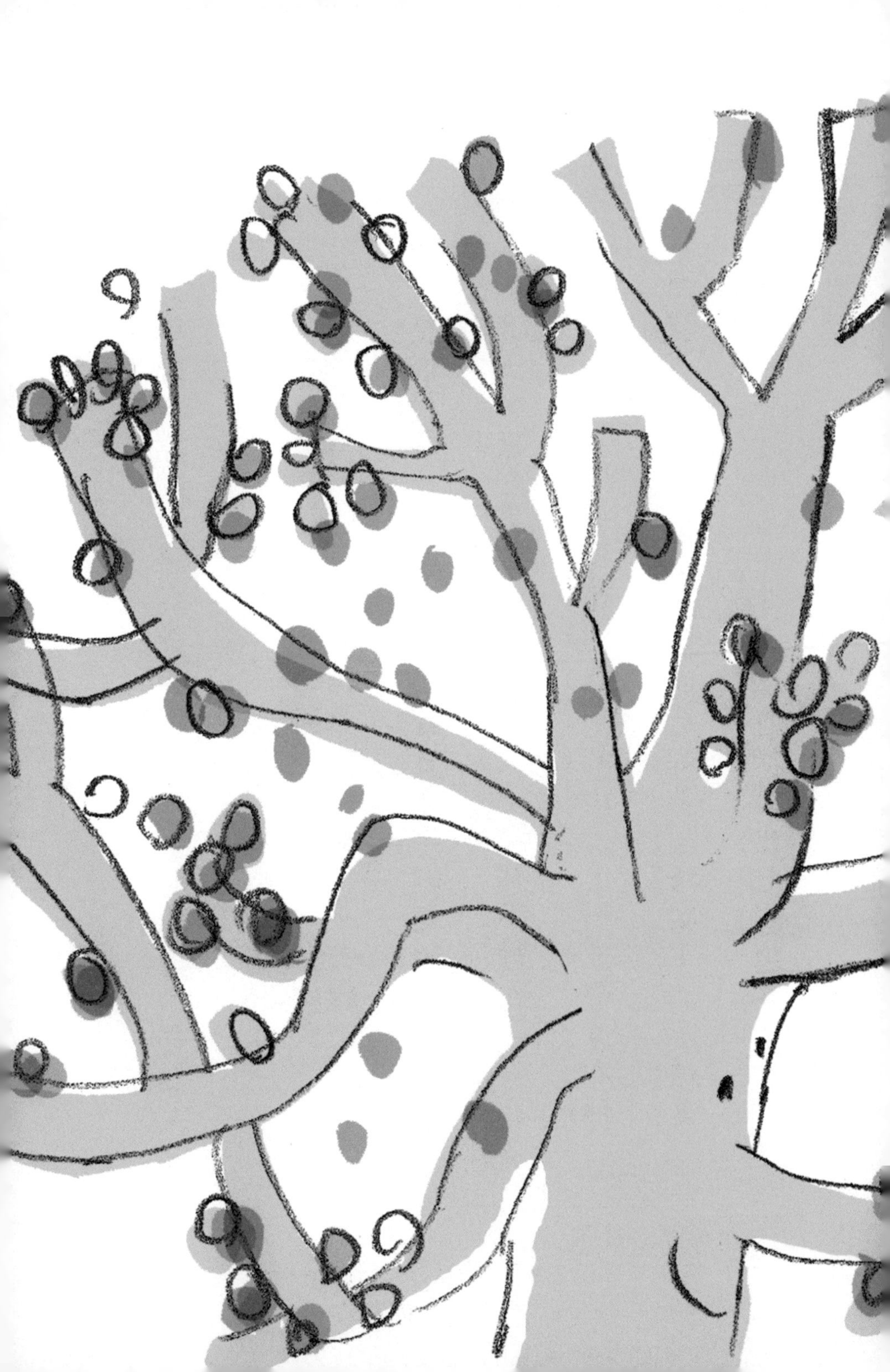

綠色的帶著一點酸澀，紅色的帶著蜂蜜的味道，每個人會依照自己的喜好，選擇不同顏色的泡泡。

冬天來臨的時候，七彩糖果樹不能慢一天醒來，它一慢，整個村子的人都來了，幾百隻手輕輕的放在七彩糖果樹身上，讓七彩糖果樹想睡久一點都不行。

雲霧圍繞又路途遙遠的找不到山上，一直都沒有糖果店；找不到入口街上，賣的也都是生活必需品，糖果店只有山腳下才有。千年老樹自從結出七彩糖果之後，

它就是找不到山上的糖果店了，而且還是免費的呢！

又脆又甜又容易破碎的泡泡，含在嘴裡，帶著濃濃的幸福味道。

慢慢的，山下的人，也知道了這麼一棵結出糖果的樹。他們開著汽車，在山路上找尋七彩糖果樹，就像螞蟻搜尋甜蜜一樣。

七彩糖果樹在這樣的環境下，過著不開心的生活了。他開始懷念以前，他沒有名字的時代，那個時候多麼自由啊。

一切照著自己的時間來，沒有太早也沒有太遲。生活之中，除了風聲和鳥聲，再也沒有其他的吵鬧聲了。

七彩糖果樹這次真的生病了，他感覺不出這是什麼季節，身上的七彩泡泡，也失去了鮮豔的色彩，而且泡泡愈來愈小。

整個找不到山上，不管大人或小孩，都在為七彩糖果樹想辦法，但是七彩糖果樹還是沒有長出泡泡來。

七彩糖果樹需要休息一下了。

「你吃過七彩糖果嗎？」

吃過七彩糖果，是一種幸運的代表。

現在，七彩糖果樹又和過去一樣，照著自己的時間進行，冬天想睡久一點，也不必擔心被人吵醒。雖然他曾經帶給找不到山上的居民，好幾年的驚喜，但是現在他更開心。

因為平凡就是幸福。在找不到山上，自由自在的生長，就是幸福。

10 繡花婆婆的寶貝

——那是能生出鳳凰、生出蝴蝶、蝙蝠，生出一切吉祥的寶貝

阿當的外婆，住在找不到山上，離找不到國小不遠的地方。

每一天，放學的鐘聲在找不到山上，才悠揚的剛剛迴盪完，阿當就出現在外婆家了。

阿當喜歡先到外婆家繞一繞，然後再回家。

外婆在找不到山上，是一位特別的人，她就是名氣響到山下去的「繡花婆婆」。

繡花婆婆只要幾根針和線，一個繡花用的木框，就能為平凡的布，添上色彩，還添上了生命。

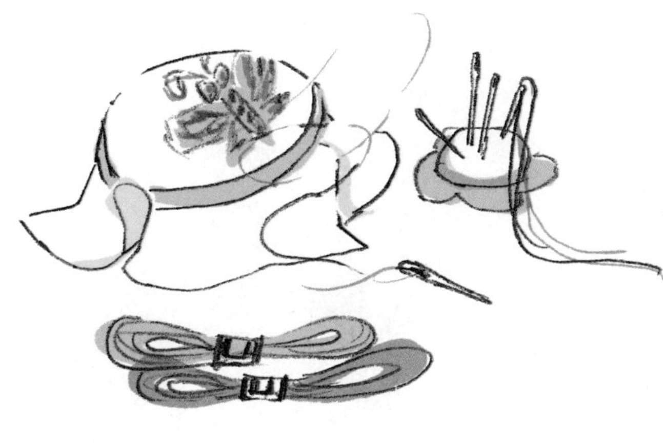

繡花婆婆從九歲開始拿針，一針一線繡到今天，整整六十年。

山腳下有許多人，冒著迷路的危險，就是為了到山上來，找繡花婆婆在棉被上面繡一對鳳凰。

山上、山下的人都相信，蓋上繡花婆婆繡的鳳凰棉被，一輩子都富貴好命。所以阿當看到的外婆，總是不停的

紮針、不停的拉線，不停的繡出就要飛出布面的鳳凰。阿當還知道，年輕的時候，外婆最珍惜的，是她那針線盒裡的工具。

繡花婆婆從來不讓人動她的小木盒，不管是筆、是剪、是線、是針，也不管你是孩子、孫子、老朋友，誰都不許動那個精緻的小木盒。

「那些東西，能生出鳳凰，生出蝴蝶、蝙蝠，生出一切吉祥，所以誰也不能亂碰。」

從小，阿當就聽媽媽說過，小木盒是外婆的寶，所以，阿當一直不敢動它一下。

繡花婆婆一天天老了，愈來愈覺得，雙手才是她的寶貝。

繡花婆婆知道，繡出活鳳凰、繡出好鴛鴦，全都是她那一雙手夠靈巧。如果手受了傷，做事就不方便，繡出來的東西，就失去了生命。

「工具呀，用壞了，還能再買，雙手萬能呀，這是沒有辦法買的。」

「外婆，您這麼想是對的。」阿當為外婆拍拍手，規矩太多總是件麻煩事。也就是從那個時候開始，外婆的針線盒終於讓阿當自由的玩弄。

雖然外婆有了這樣的改變，阿當還是在一次上美勞課時，拿了外婆的剪刀去學校剪紙，被外婆叨叨的唸了好幾天。

那次之後，阿當知道，針線盒和雙手，都是外婆的寶。

一針一線細細縫，繡花的歲月漫長，繡花婆婆年紀愈繡愈大，阿當也愈來愈懂事。

「外婆的寶貝又該換了。」

當穿針引線的工作，落到阿當身上來的時候，阿當知道了，外婆的寶貝又換了，那是明亮的眼睛。

光線不好的時候，外婆不再繡花；眼睛疲倦的時候，外婆也不繡；趕時間要的工作，外婆也不繡。

這些，都是為了她的眼睛著想。

所以，阿當相信，現在，眼睛才是外婆的寶。

「阿當，你幫外婆多穿幾根針放著。」

雖然眼鏡鋪的王老闆，為繡花婆婆配了一副眼鏡，但是穿針的工作還是落到阿當身上來了。

「外婆，沒問題。」

繡花婆婆家的門上，那個像刺蝟一樣的針插上，只要阿當來過，小刺蝟身上，就掛滿了

一條條，海草一樣細細長長的線。

「外婆，針線盒、雙手和眼睛，哪一個才是你的寶貝？」有一天，阿當一邊穿針，一邊這麼問外婆。

繡花婆婆沒有想到阿當會這麼問，她把頭抬了起來，看著阿當。

阿當從外婆的眼睛裡，看見了一對鳳凰，那一對鳳凰，展開翅膀，就要飛了起來。

到底有多少對鳳凰，從外婆的眼裡生了出來，又飛了出去啊？

「外婆的寶，就是繡好的，一對對的鳳凰。」繡花婆婆這麼告訴阿當。

阿當看著低頭工作的外婆，原來，他一直沒有猜對。

「外婆用心繡出來的鳳凰、鴛鴦，都是外婆的寶貝。有一天，外婆也會給你繡一床鳳凰被，外婆也會一邊繡一邊請求老天爺保佑你。阿當啊，你可要把它當作寶啊。」外婆興奮的說著，她眼裡的那一對鳳凰，真的飛了起來。

難怪這麼多人上山來，就是為了找到這一對鳳凰，一對帶著滿滿祝福的鳳凰。

「那些都是外婆的寶貝。」阿當終於明白了。

11 地圖奶奶的記憶

——地圖奶奶的記憶裡，裝著找不到山上的每一條路

找不到山上的路究竟有幾條，就像人的頭頂上，頭髮究竟有幾根一樣，沒有人數得清。不管路有幾條，濃重的雲霧和長長的野草總是搶著，緊緊的把它們裹住，讓人不迷路也難。

北
西
東
南

但是，不管怎麼走，地圖奶奶家是最容易找到的地方，因為她就住在紅瓦屋頂村落裡的第一幢屋子，那條出門、回家一定要經過的路，走的人一多，路就一直沒有被野草掩蓋。

因為住在找不到山上最明顯的地方，地圖奶奶有一件不得不做的工作，那就是讓人「問路」。

要到找不到國小的人，一爬上找不到山，立刻就會找人問：「找不到國小在哪裡？」

地圖奶奶就是經常被問路的那個人。

地圖奶奶的臉上，密密麻麻的皺紋，差不多就是一張地圖了；她的腦子裡，也裝著一張找不到山上，密密麻麻的路線圖。

這張路線圖，只要她閉起了眼睛就看得見。不管霧有多濃，雲有多重，野草有多長，她都能把它們掀開，讓道路在她的腦子裡清楚的呈現。

「指引別人走路」，這個工作看起來簡單，找不到山上的居民似乎都能做，其實卻很複雜，特別是找不到山上的山路，沒有路名又沒有巷弄編號，說也說不清楚，除了親自帶路，沒有別的辦法。

「請問，大鬍子老周叔叔家怎麼走？上個月我才來過的，怎麼又找不到了？」

山上的居民，誰都知道老周叔叔的家怎麼走。

「沿著這條小路往上走就是了。」

「啊，謝謝！」

但是走不到幾公里，小路到了盡頭，連一幢房子也沒有，哪裡來的老周叔叔家啊？放眼望去，到處都是青翠的高山和綠油油的樹木，每一個地方看起來都一樣，要怎麼分辨啊？

只有地圖奶奶才能看出它們的不一樣，從她的「地圖」裡，地圖奶奶可以告訴你正確的走法：

「沿著小路往上走，到接連三棵一起的山櫻花樹下，往前看，走那條右轉的岔路，選擇小路走，數三條岔路別管它們，第四條岔路左轉往上，三分鐘，就能看見一棵大黑松了，左手邊那幢小屋子，就是大鬍子老周的家啦！」

這樣，夠清楚了吧。地圖奶奶像唸咒語一樣，一口氣唸完。

問路的人當然沒辦法一口氣記完，他們得拿出筆來，把地圖奶奶講的每一個字，仔細的記下來，要記住，一個字都不能漏掉。

按照地圖奶奶講的話，一句一句的走，你會發現，就像解魔術方塊一樣，目標完美的呈現眼前。

年紀大的地圖奶奶，記性愈來愈差，但是她腦子裡的那張地圖，卻是一個角也沒有缺、一個地方也沒有模糊的，清楚拓印在腦子裡。

為什麼地圖奶奶比任何人都厲害，能把複雜的路線，一條一條的整理出來？為什麼地圖奶奶有這樣的超能力，每一棵樹都逃不出她的腦子。

地圖奶奶撥開被雜草淹沒的道路，她的職業病又犯了：「瞧，這裡以前還有一條路，因為太久沒有人走了，所以才被雜草覆蓋了。」

雖然她忘了剛才問她的問題，不過，多問她幾次，她還是說出心裡的祕密。

「因為我有豐富的迷路經驗呀。」地圖奶奶一笑，臉上的地圖就更加清晰了。

地圖奶奶把時間往前推，推到她很小很小的時候，推到她被叫做「地圖」之前，那時候，她只要一出門，就會迷路。

有許多條路，她不只迷路一次，還迷了很多次，迷了很多次之後，她就知道路要怎麼走。

地圖奶奶就是靠著一次又一次迷路的經驗，畫出她腦子裡的地圖。

後來，不再迷路的她，因為記清楚了每一條山路，就被叫做「地圖」，然後是「地圖姐姐」、「地圖阿姨」，一直升級到「地圖奶奶」。

「去問地圖奶奶！」不想在找不到山上迷路，

一定要先問清楚地圖奶奶。

問路、問地址、問方向，不管是什麼地方，

地圖奶奶都能找出答案告訴你。

記性差不是問題，地圖奶奶的腦子裡，那張

可大可小的地圖，永遠清楚。

地圖奶奶，就住在紅瓦屋頂村落的第一家，

走進找不到山上，就會先看到地圖奶奶家。

知道地圖奶奶的家，就不會在找不到山上迷路。
不再迷路的地圖奶奶，就是找不到山的地圖。

12 寶瓶裡的祕密

——寶爺爺送給阿當的寶瓶裡，究竟裝著什麼？

寶爺爺交給阿當的祕密寶瓶裡，究竟裝著什麼？

那是簡單的紙條上，記載著複雜的祕密。那些沒有人收藏的祕密，被埋藏在雲霧裡。

找不到山上的居民，一天又一天快樂的生活著，「祕密」在找不到山上像野草一樣，沒有人管，只能自生自滅。快刀黑燕阿姨，雖然有人知道她那一把大黑剪的祕密，但是再過幾代之後，誰又會知道呢？

從祕密寶瓶裡，阿當知道了，原來找不到山上唯一的理髮師傅，在他流傳下來的理髮用具裡，也藏著一些人們不知道的祕密。

理髮師傅原來的工作是蔭醬油，他每次送醬油，送到剃頭師傅那邊的時候，就會順便進去剃個頭。醬油師傅沒有什麼嗜好，就是喜歡找剃頭師傅剃頭。

剃好了頭，神清氣爽好舒服，醬油師傅就坐在剃頭店外頭，看看還有沒有人要買醬油。

一邊看人剃頭，一邊賣醬油，日子一久，兩個人就成了好朋友。

有時候，剃頭師傅也會幫忙賣醬油，醬油師傅沒有什麼好報答的，只有

在剃頭師傅到山下辦事情的時候，也幫剃頭師傅做生意，幫客人剃頭。幫來幫去，幫出了興趣，顧客多的時候，一個人剃一個頭，剃頭師傅終於找到好幫手。

起先醬油師傅剃的頭，還要剃頭師傅幫忙修一修，後來醬油師傅愈剃愈順手，根本不需要剃頭師傅再整修。

阿當從來都不知道，原來剃頭師傅年紀大了，就把剃頭店交給醬油師傅。醬油師傅也成了理髮師傅，一邊蔭醬油、一邊理髮，還要一邊出門送醬油。

剃頭師傅、理髮師傅、快刀黑燕阿姨，這是找不到山上的三代理髮師。

如果不是祕密寶瓶，這些祕密真的要埋藏在雲霧裡了。再往下看，還有更多的祕密呢。

七彩糖果樹很久很久以前也開過花，它開出花來的時候，讓許多人都嚇了一跳，不過那時候開的，並不是像現在的七彩泡泡，而是一串串紅豔豔的花。美麗鮮豔的花朵，掛在高大的老樹上，看起來像個化了大濃妝的

老爺爺，可愛又有趣，不過這件事，因為年代太過久遠，也早就被人們遺忘了。

「巴拉巴拉烏幾里嘎草」只有在找不到山上才有，這是大家都知道的事，但是阿當不知道，「巴拉巴拉烏幾里嘎草」

據說是天神種下的。找不到山上的路太難找，連天神都會迷路，所以天神賜下這種草，讓迷路的人在野外吃下「巴拉巴拉烏幾里嘎草」以後，就有信心和體力繼續尋找，不會慌張。

沒想到，百年中藥店的第一代祖先，就發現了「巴拉巴拉烏幾里嘎草」的妙用，他再加上一些其他的中藥，就成了一帖增加信心的藥了。

找不到山上，藏著這麼多的祕密，這都是寶爺爺一點一滴蒐集下來的，阿當看著寶瓶裡，一捲又一捲的紙條，每一捲都是寶爺爺的心血。

「抽到這張紙條，你今天會幸運無比。」這是祕密寶瓶裡的紙條，寶爺爺把祕密留在紙條上，但是，其中有一張紙條，只寫著這樣的一句話。

阿當把它當作祕密，藏在心裡，一整天都好開心。

找不到山上的祕密，雖然像路邊的小花一樣，沒有多少人會留意，但是阿當知道，那是寶爺爺留下來的東西，他一定要好好的保存著，因為，這是找不到山上的祕密。

找不到山裡的祕密朋友

◎岑澎維

好久沒有到找不到山上來了。

經過八八風災，上山的路斷了好長一段時間，現在又通了。沿著填補過的山路往上走，終於見到好久不見的朋友，他們都一切安好，真是一件開心的事。

在原始、不想變化太多、進步太快的找不到山上，我遇到專門幫人打蚊子的飛布老洪。

「好久沒看到你了，要不要來隻蚊子做收藏品？」

一見面，飛布老洪就這麼問。

「那就來隻公的吧，我要展翅、立體的，線條粗獷、動作豪邁、有藝術價值的。山上的蚊子都被你打完了吧？還有可以留作收藏的嗎？」

「老朋友了，再難也要找給你。收藏品就是愈稀有愈珍貴。」

看來，這裡得改名叫「找不到蚊子山」了。

不過，我還是先去找快刀黑燕姨吧，要出新書了，我要換個新的髮型。

半路上，繡花婆婆抬頭看見我，要我進去幫她穿針，問我最近寫了什麼新書沒有。

「我把你也寫進去了呢，繡花婆婆。」

「呵呵呵，我有什麼好寫的？」繡花婆婆開心的笑了起來，我才發現，她今天忘了戴假牙，難怪笑起來的時候特別可愛。

「誰在這裡呀？笑得這麼開心。」

原來是地圖奶奶來了，她一看到我，就笑著說：

「快搬到山上來住吧，我把棒子交給你，我就要退休了。」

地圖奶奶覺得我很有潛力，可以繼承她的事業。

「我從來沒有看過一個人，像你這樣，迷路迷得這麼好的。」

這是誇獎嗎？

能找到找不到山，就是因為迷路，如果給我一份地圖，我一定找不到「找不到山」的。所以地圖奶奶在尋找接班人的時候，一眼就看出我非常合適。

「我仔細看過你走的路線，真是迷得好極了，從來沒有一次走對過，但是最後，你總是能回到原來的地方。」

「地圖奶奶，一個從來沒有看懂過地圖的人，怎麼能帶路啊？」

「所以你才適合，那些看得懂地圖的人，怎麼會需要我們帶路呢？」

這句話到底怪在哪裡？我沒有時間想，不過我想我會仔細考慮地圖奶奶的建議。

剪好了頭髮，沒有鏡子可照，黑燕姨說三天後再照會更好看。

經過百年中藥店的時候，我忍不住進去坐坐那張又長又寬的長板凳，看老闆和他兒子像演布袋戲一樣，雙手不休息的上演抓藥秀。

「你好久沒到山上來了。」老闆一邊抓藥，一邊說。

「我們又開發出新妙藥了。」老闆的兒子接著說。

「什麼妙藥？」我問。

「拜託，這帖藥千萬別寫進你的書裡，否則小朋友知道就不肯吃了。」

「什麼藥這麼神祕。」連我也好奇的想知道。

「這藥叫做『快快下線丹』。」

「快快下線丹？有什麼作用？」

「一開電腦上線就不想再玩，只想趕快下線。」

「天哪！妙！但是小孩子怎麼會想吃這種東西？」

「形狀和口味都和巧克力一樣，上網前來一顆就行了。」

「有沒有副作用？」

「放心，百年中藥店出品，不但沒有副作用，還顧眼睛、顧身高，多吃有益。」

「那我寫進『後記』裡總可以吧？順便還可以幫你打廣告。」

「好吧，反正小朋友也不大看『後記』的。」

老闆的兒子拿了幾顆「快快下線丹」讓我回家試試。我在半路就把它們吃完了，果然跟巧克力一樣美味，吃完之後，我才想起來，找不到山上沒有網路可以讓我上線。

「真是白吃了。」我說。

找不到國小裡，摩天輪圖書館仍然在轉動；暑假山谷裡，大門依舊敞開；慢慢來老師在辦公室裡，等著他的電腦開機。我猜阿當他們應該在山谷裡，不是抓獨角仙，就是躺在龍眼樹的枝幹上看書吧。

下午三點，找不到山上的霧又慢慢的聚攏過來，我要趁著濃霧來襲之前，帶著今天蒐集到的歡喜心情一起下山。我從車窗探頭向每一個老朋友道再見。

「什麼時候再來啊？」王老闆站在門口跟我揮手。

「有空我就會來。」戴上他送的除霧眼鏡，我跟他揮一揮手。

這就是溫馨的找不到山上，每次都讓我有回家的感覺。

三天後，我在家裡照了鏡子，發現果然好看多了。

五天後，我掀開郵差送來的小小餅乾盒，一隻粗肥的蚊子在裡面，那振翅欲飛的樣子，讓我嚇了一跳。

「這是找不到山上，愈來愈稀有，幾乎需要保育的動物。——飛布老洪」

喔，我已經遺忘的事，找不到山上的朋友，就是會把它們記在心裡。

閱讀123